Ati el dragón de las estrellas

Ati, el dragón de las estrellas
ISBN: 978-607-9344-48-1
1ª edición: mayo de 2014

Aribau, 142 pral. 08036 Barcelona

Ediciones Urano México, S.A. de C.V.
Av. Insurgentes Sur 1722 piso 3, Col. Florida,
México, D.F., 01030. México.
www.uranitolibros.com
uranitomexico@edicionesurano.com

Diseño Gráfico: Laura Novelo

Impreso en China – *Printed in China*

Ati el dragón de las estrellas

Elena Laguarda • Ma. Fernanda Laguarda • Regina Novelo • Elizabeth Bonilla
Ilustraciones: Alejandra Kurtycz

URANITO EDITORES
ARGENTINA - CHILE - COLOMBIA - ESPAÑA
ESTADOS UNIDOS - MÉXICO - PERÚ -URUGUAY - VENEZUELA

Cerca de los límites del mundo, más allá de las nubes, existe un mundo de brillantes colores, un mundo mágico habitado por dragones. Esta es la historia de Ati, un pequeño dragón.

Desde antes de nacer, sus padres sabían que sería especial, pues el huevo que puso mamá dragón estaba lleno de coloridas y brillantes estrellas.

La noche en que nació, su abuelo vio una lluvia de estrellas fugaces y supo que el dragón de los sueños, que vive en el cielo, estaba muy contento con el nacimiento de este nuevo dragón.

Ati creció como cualquier dragón: con alas para volar cuando fuera grande, escamas y patas enormes que le permitirían nadar. Sin embargo, por más que pasaban los años no lograba echar fuego por la *boca*.

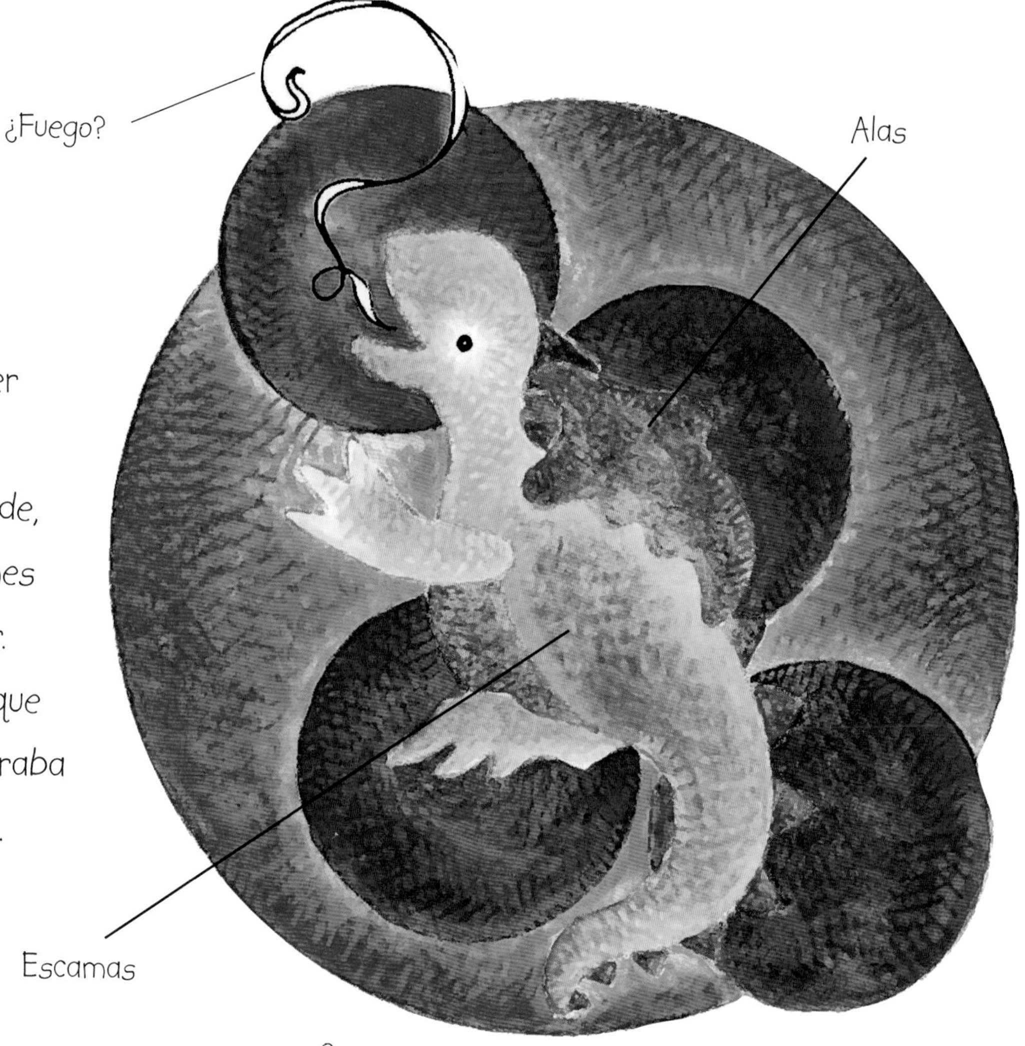

Los dragones de su edad ya
lograban encender,
al menos, sus velitas
de pastel; pero Ati, por
más que se concentraba,
no lograba echar ni un hilito
de humo.

Su mamá le decía que no se preocupara, que con el tiempo iba a lograr echar una gran llamarada. Papá dragón le daba ánimos y el abuelo lo consolaba.

Ati, estaba frustrado, tenía miedo de no ser como los demás dragones.

Cerca de su séptimo cumpleaños, todo dragón tiene que mostrarle al mundo que ha crecido. La prueba máxima que debe pasar es echar una gran llamarada. Ati estaba preocupado; por más que lo intentaba apenas le salía un hilito de humo. Papá y mamá dragón ensayaban día y noche con él, esperanzados en que lograría lanzar fuego.

—Tal vez es porque
estás nervioso
-le decía mamá.
—Ten confianza en ti
-agregaba papá.
Ati soñaba
con lograrlo.

La noche antes de la prueba Ati, preocupado, platicó con su abuelo.

—Quiero ser un dragón normal y lanzar fuego, ¿por qué no puedo? -le preguntó llorando.

—A veces las cosas no salen como queremos, todos tenemos algo que nos cuesta trabajo realizar -le respondió el abuelo.

El abuelo le mostró
a Ati las estrellas
brillantes del cielo.
—Míralas, son
especiales, las lanza el
dragón de los deseos
de sus fauces. Pueden
cumplir tu sueño. ¿Por
qué no les pides lo que
realmente deseas?
Ati con todo su anhelo
pidió: —¡quiero
echar fuego para ser
importante y especial!

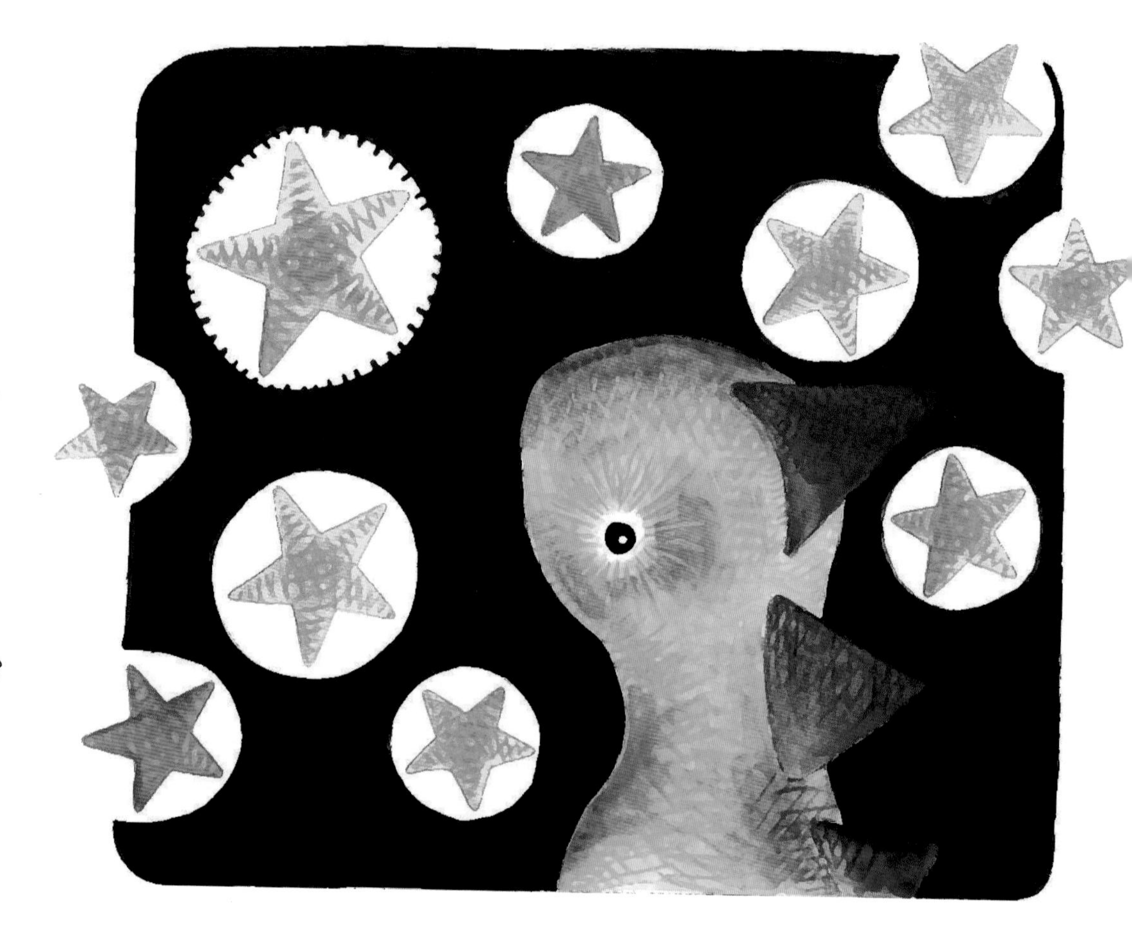

A la mañana siguiente llegó la gran prueba. Ati, frente a todo el público, inspiró aire como si la vida se le fuera en ello. Abrió su boca grande, grande,

grande... y exhaló con todas sus ganas.

El público lo miró asombrado; Ati pudo ver a sus compañeros burlarse de él mientras lo señalaban. De su boca, había salido algo parecido a fuegos artificiales de brillantes colores. Ati cerró los ojos, quería ser chiquito, tan chiquito como una mosca pequeña y escapar de ahí.

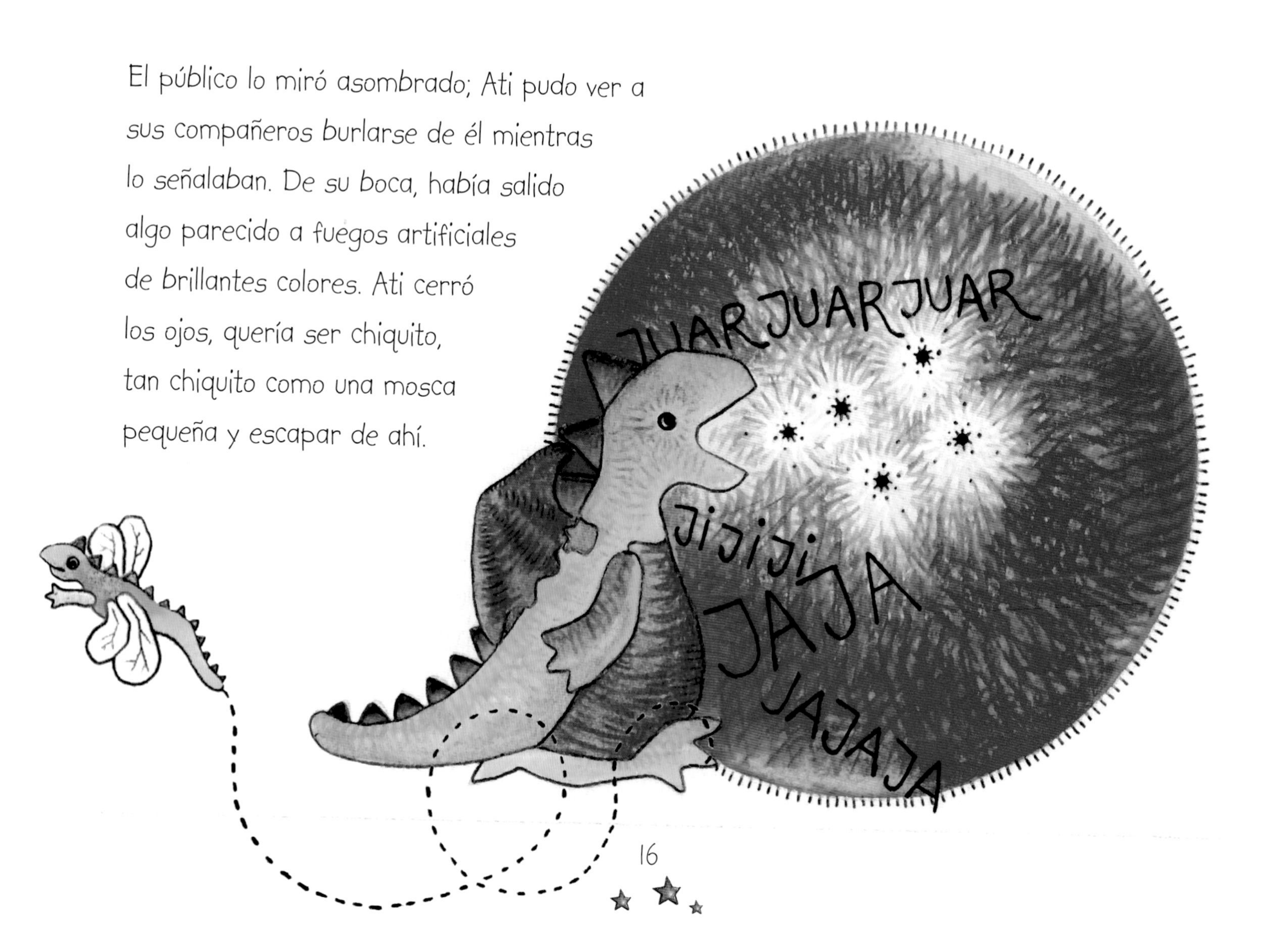

Ati estaba descorazonado; sus padres lo abrazaban.

—¿Qué me pasa?, ¿por qué no puedo lanzar fuego?, yo quería ser importante y especial –decía mientras sus grandes lágrimas rodaban.

Su madre lo miró a los ojos y le dijo: —ya eres importante Ati, lances fuego o no, eres especial para mí.

Ati no tenía consuelo. No quería jugar ni comer. Ya ni salir a volar con el abuelo le interesaba. Mamá y papá dragón estaban preocupados.

El abuelo llegó a visitarlo, era hora de hacer algo.

—Ati, es importante que vengas conmigo –lo invitó.

—Voy a llevarte a ver al dragón de los deseos para ver si puede cumplir tu sueño.

Los ojos de Ati brillaron, ¿sería que esta vez sí se cumpliría su deseo?

Siguió al abuelo y volaron juntos hasta casi
alcanzar las estrellas.
En el pico más alto de un volcán,
vivía el dragón de los deseos.

Era de noche cuando llegaron, Ati entró con timidez. La cueva era una gran *bóveda* y se escuchaba un rugido constante que venía de las entrañas del volcán.

Al fondo, echado sobre
sus cuatro patas dormía
un viejo dragón, sus uñas
y escamas eran rojas
como el fuego.

El dragón observó a Ati
y sonrió. Su voz retumbó
cuando le preguntó:
—¿Qué te trae por aquí
pequeño amigo?
Ati le respondió con un hilito de voz:
—Quiero que cumplas con el deseo
que le pedí a tu estrella
en el cielo.

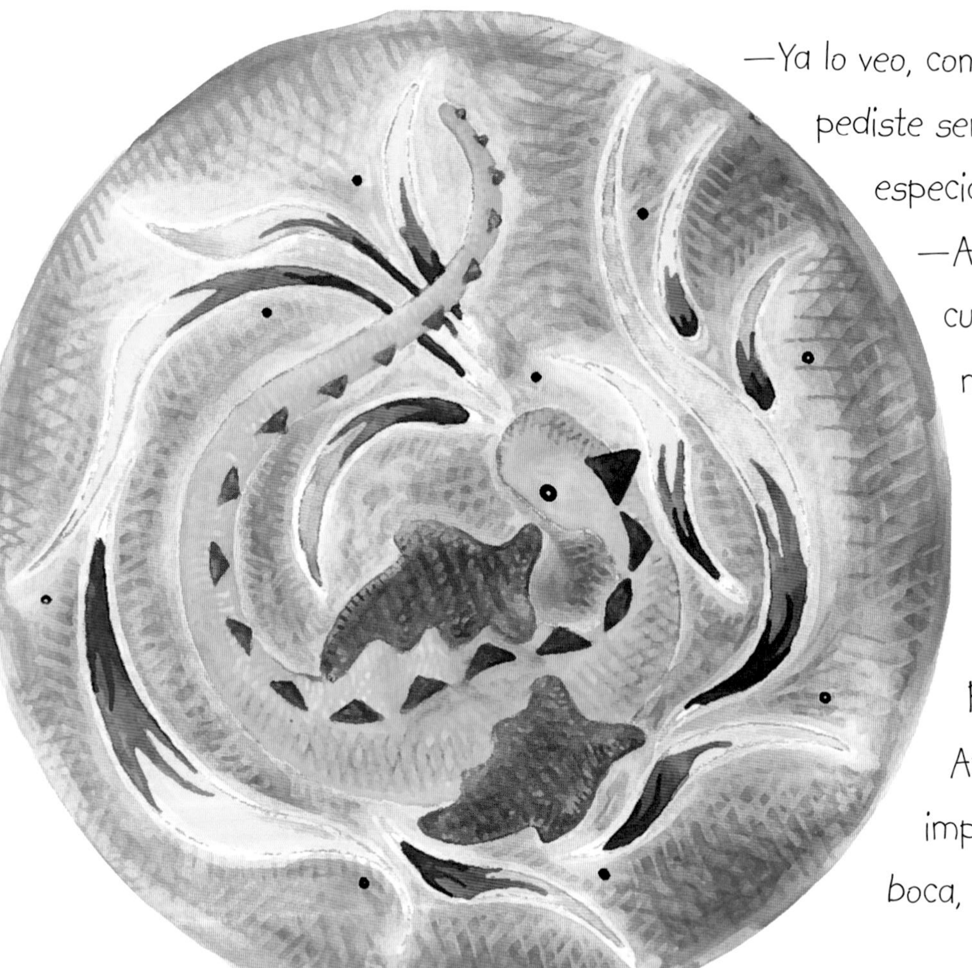

—Ya lo veo, contestó con ternura el viejo, pediste ser un dragón importante y especial, ¿cierto?

—Así es, reclamó Ati, y tú no lo cumpliste, no salió fuego por mi boca...

El dragón lo miró y preguntó:

—¿Tú crees que para ser importante y especial debes echar fuego por tu boca?

Por supuesto que sí, pensó Ati, todos los dragones importantes lanzan fuego por la boca, y él quería ser así.

Déjame contarte mi historia, agregó el viejo dragón.

Ati guardó silencio mientras el dragón evocaba su pasado y le contaba cómo es que se había convertido en el dragón de los deseos.

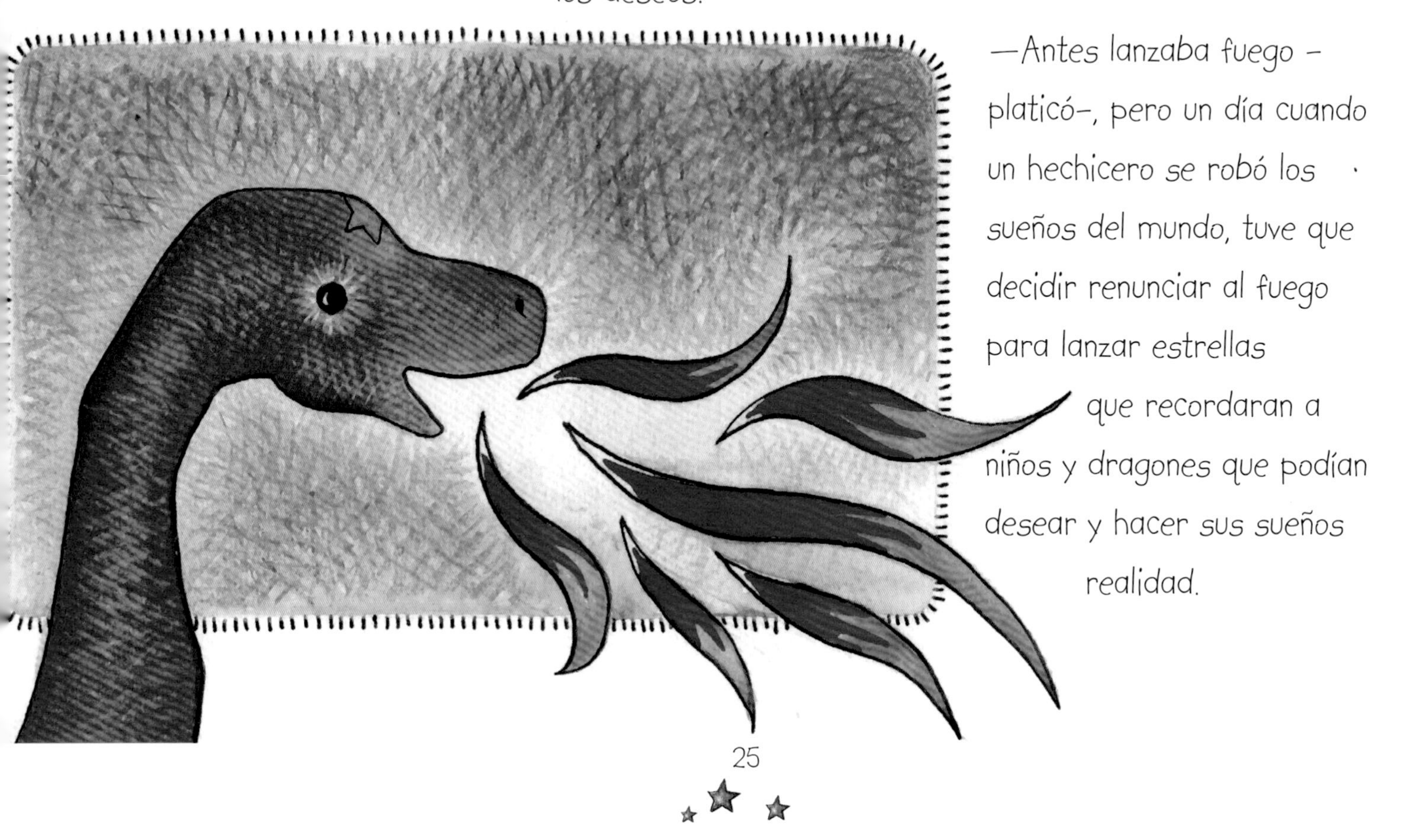

—Antes lanzaba fuego –platicó–, pero un día cuando un hechicero se robó los sueños del mundo, tuve que decidir renunciar al fuego para lanzar estrellas que recordaran a niños y dragones que podían desear y hacer sus sueños realidad.

—No es tarea fácil -agregó-, es importante ayudar a los niños a luchar por lo que desean, es una gran responsabilidad.

Ati estaba asombrado, jamás pensó que un dragón quisiera renunciar a echar fuego por la boca...

—Acércate -le dijo el dragón-, voy a cumplir tu deseo.

Ati observó al dragón mientras éste sacaba un gran caldero. Vertió en él un poco de agua y aceites, se arrancó un bigote y lo echó para formar una sustancia que giraba a gran velocidad, al tiempo que cantaba palabras indescifrables.

Le dio a beber la sustancia a Ati.

—Debes beberla de un jalón –le indicó.

Ati bebió todo el brebaje y sintió algo extraño en su interior. Algo le hacía cosquillas.

—Ahora intenta lanzar fuego –dijo el viejo de los sueños.

Ati inspiró y abrió la boca, pero no salió fuego. En su lugar, había delicadas burbujas que tronaban por doquier, dejándole un amargo sabor.

Ati estaba confundido; su abuelo y el viejo reían sin parar.

—Creo que lo debemos intentar de nuevo –dijo el gran dragón.

El viejo revolvió el cuenco y, esta vez, depositó en él una lágrima que caía de sus brillantes ojos. Cantaba mientras un remolino de estrellas bajaba y se fundía en el brebaje.
Le dio la poción a beber al pequeño dragón, que miraba encantado el baile de las estrellas a su alrededor.

Ati bebió de un jalón y sintió una luz brillante en su interior, cálida y fresca. Inspiró y exhaló. Fue mucha su emoción cuando vio que salían miles de estrellas de su boca, que subieron al cielo dejándole un agradable sabor a menta.

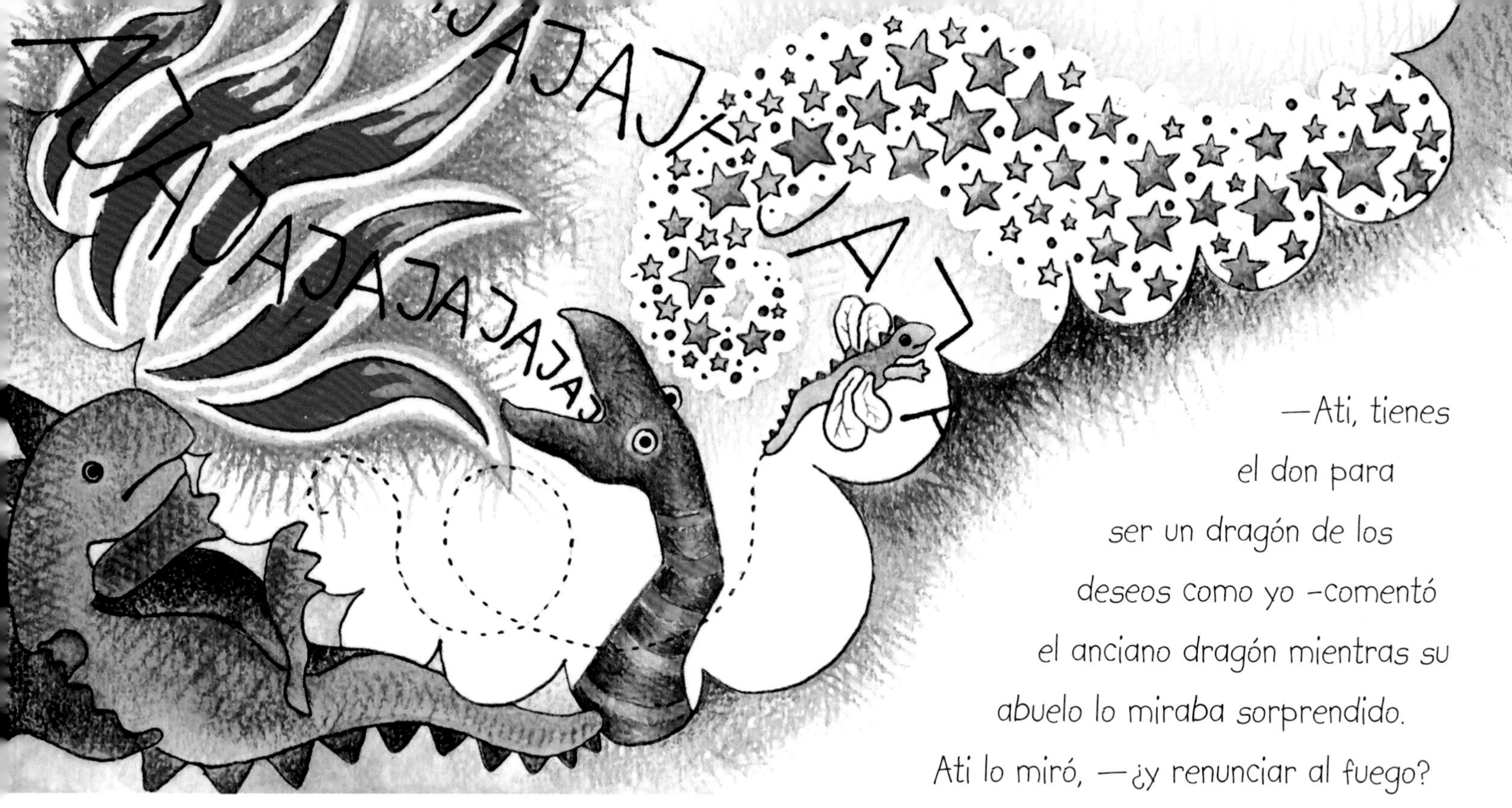

—Ati, tienes el don para ser un dragón de los deseos como yo -comentó el anciano dragón mientras su abuelo lo miraba sorprendido.

Ati lo miró, —¿y renunciar al fuego? -preguntó ansioso el pequeño.

Recordaba cómo se burlaban de él los otros dragones en la presentación. Quería ser un dragón normal para tener amigos.

El dragón de los sueños asintió comprendiendo y comenzó a mezclar de nuevo. De pronto, se oyó un trueno desgarrador que venía de las entrañas de la tierra. El viejo tomó una de sus escamas rojas y la depositó con cuidado en la vasija. Ati y su abuelo pudieron observar una gran llamarada que salió del caldero, al tiempo que la tierra temblaba.

Ati tomó con cuidado
el *brebaje* y lo *bebió*.
Se sintió incómodo,
en su interior rugía
la poción haciéndole
sentir mucho calor.

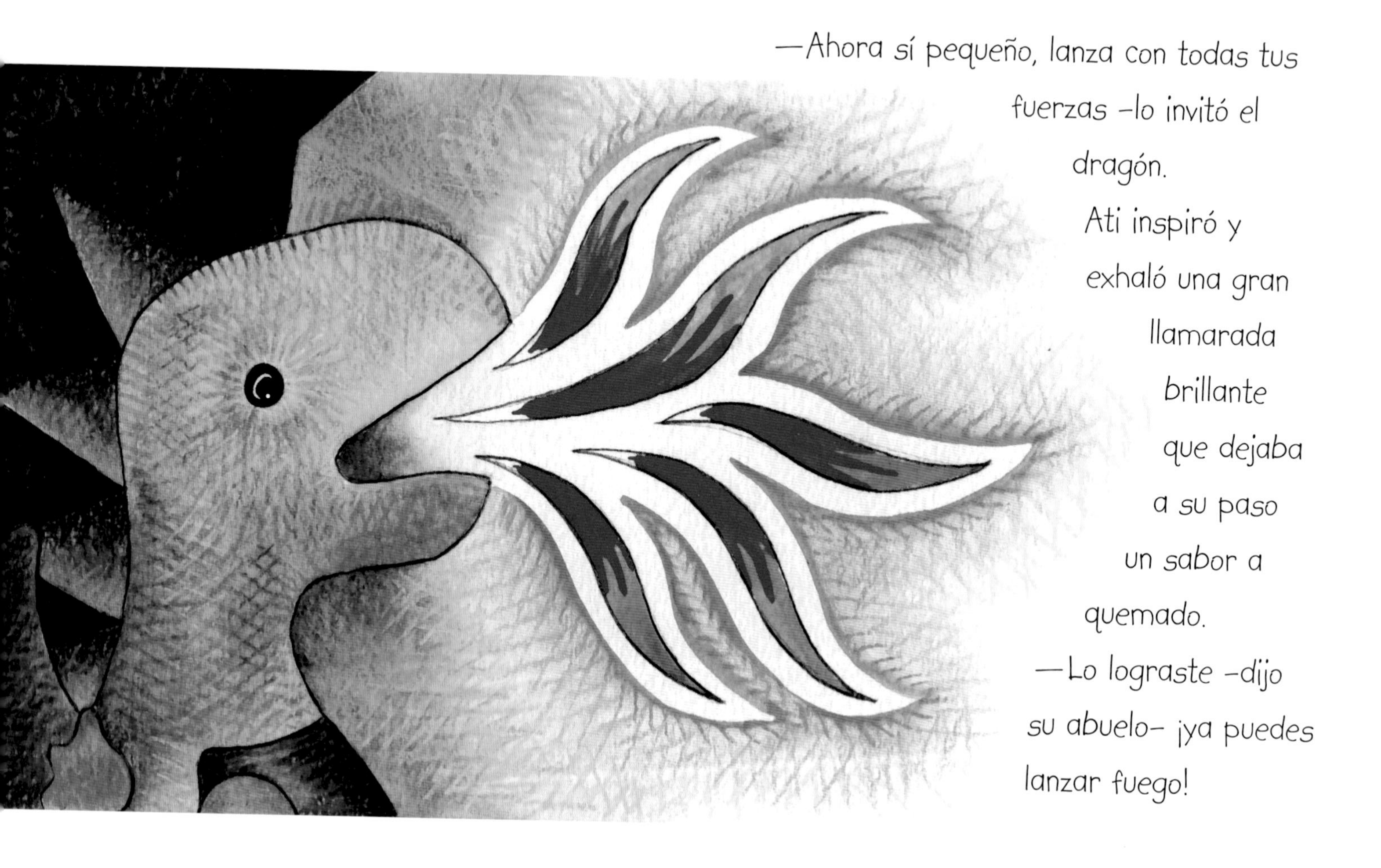

—Ahora sí pequeño, lanza con todas tus fuerzas -lo invitó el dragón.

Ati inspiró y exhaló una gran llamarada brillante que dejaba a su paso un sabor a quemado.

—Lo lograste -dijo su abuelo- ¡ya puedes lanzar fuego!

Ati miró al dragón de las estrellas.

—¿Ya cumplí tu sueño? –preguntó el viejo de los deseos.

Ati estaba confundido, logró cumplir lo que había querido y sin embargo, no le gustó del todo lanzar fuego. Se sentía incómodo, como si el fuego no le perteneciera.

El abuelo le preguntó:

—¿Listo para partir?

Ati no lo escuchaba.

El pequeño estaba absorto en sus pensamientos. Le había gustado arrojar estrellas. ¿Si yo lanzara estrellas también se burlarían de mí?, se preguntaba. Sería un dragón diferente, nunca echaría fuego y él siempre se había imaginado como los demás.

El abuelo esperó. El dragón de los sueños lo miraba expectante.

—¿Qué pasa pequeño? -preguntó- ¿no estás feliz de lanzar fuego?

Ati lo miró desconcertado. —Me gustó mucho más lanzar estrellas -dijo- pero....

—Ya entiendo -le dijo su abuelo. —Tienes miedo de ser diferente, ¿cierto?

Ati asintió, no sabía qué hacer.

—A veces hay que decidir hacer aquello que nos gusta, a pesar de lo que puedan pensar los demás. Las diferencias nos hacen especiales, los que nos aman pueden sentirse orgullosos de lo que realmente somos.

Ati sintió una punzada de dolor al recordar las burlas. Miró al dragón de las estrellas y le preguntó: —¿Eres feliz siendo tan diferente?

El gran dragón sonrió.

—La mayoría de las veces lo soy, sobre todo, cuando puedo ayudar a alguien a encontrar su sueño. Otras, me siento solo y diferente, pero todos somos distintos de alguna manera o, ¿conoces algún dragón que sea igual a otro?

Ati pensó en todos los dragones que conocía, ninguno era igual a otro. Los había gordos, flacos, de dos cabezas o hasta de tres. Incluso, había algunos enormes con cuellos hasta las nubes, y otros que vivían en el mar como serpientes.

Ati se dio cuenta de que él también era diferente y se sintió feliz de serlo al pensar en todas las estrellas que podría enviar al cielo.

—Sí -dijo convencido- quiero lanzar estrellas.

—Lo *sabía*, exclamó el anciano, ¿quieres intentarlo de nuevo? -preguntó.

Ati inspiró nuevamente, sin necesidad de poción alguna, y dejó salir miles de estrellas brillantes mientras gozaba de su sabor a menta. Su abuelo lo abrazó orgulloso. Sí, era un dragón único y especial, y tal vez en el futuro decidiera cumplir algún sueño.

Ati recomienda

Quienes acompañamos a un niño en su crecimiento emocional tenemos la responsabilidad de brindarle amor incondicional. Es muy importante mandarle el mensaje de que es valioso sin importar lo que haga, cómo sea o que existan cosas o situaciones que le cueste trabajo alcanzar o realizar. Esto logra satisfacer sus necesidades de seguridad emocional para establecer vínculos estrechos con sus personas significativas. Es un amor más allá de nuestras expectativas, es mirarlo a los ojos y decirle: así como eres te quiero.

El cuento de Ati es una excelente oportunidad para mostrarle las diferencias que existen en cada uno de nosotros. Así mismo, poder encontrar ejemplos en la vida de cómo esas diferencias nos enriquecen, dándole al niño el mensaje de que en nuestra relación con él, caben nuestras diferencias.

Ati es un dragón diferente. Aprender a aceptar la diversidad, nos permite desarrollar la empatía y la tolerancia. Estos valores

ayudan a establecer las primeras bases para evitar vivir o ejercer cualquier tipo de abuso. En el cuento Ati se ve en una disyuntiva, aceptarse como es, o cambiar para ser igual a los demás y ser aceptado. Eligió la primera, a pesar de la posibilidad de ser rechazado. Difícil tarea la autenticidad, todos hemos necesitado valor para ser nosotros mismos, aun a pesar de lo que dicen los demás. El amor y aceptación incondicional se traduce en una fortaleza interna que le permite al niño ser él mismo y alcanzar su independencia. Sólo si se acepta como es tendrá la capacidad para decir no a aquello que vaya en contra de lo que siente, piensa o necesita, de aquello que pueda dañarlo.

Ati le solicita ayuda a su abuelo. Esto nos permite reforzar la importancia de pedir ayuda a un adulto confiable, que sea capaz de escuchar y ayudar a resolver un problema.

La historia de este pequeño dragón nos invita a escuchar a nuestros niños, motivarlos a hablar de ellos mismos y reflexionar sobre sus valiosas diferencias.

asesoría educ**ati**va y prevención

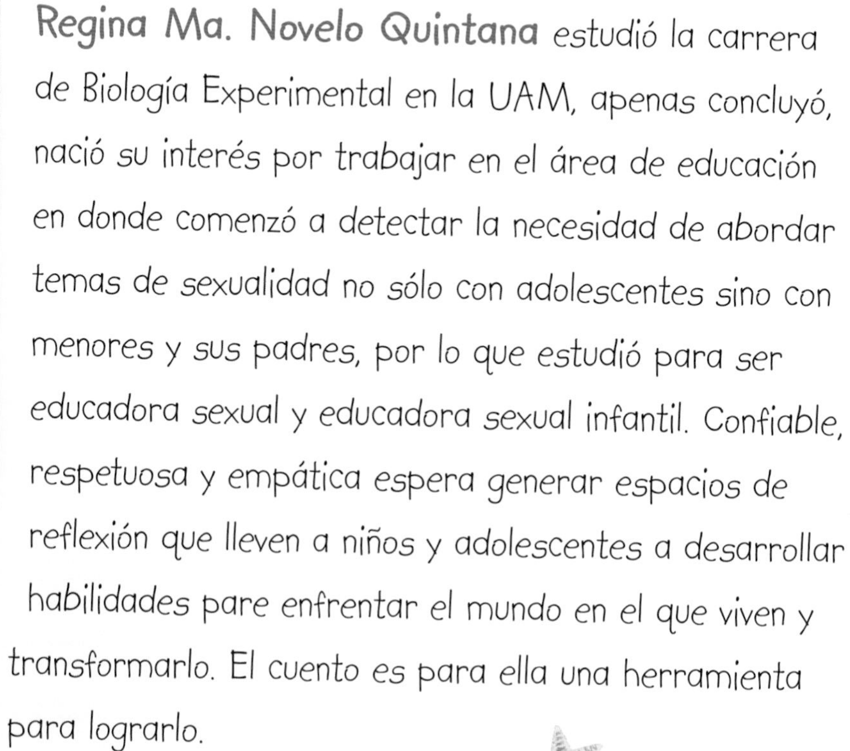

Regina Ma. Novelo Quintana estudió la carrera de Biología Experimental en la UAM, apenas concluyó, nació su interés por trabajar en el área de educación en donde comenzó a detectar la necesidad de abordar temas de sexualidad no sólo con adolescentes sino con menores y sus padres, por lo que estudió para ser educadora sexual y educadora sexual infantil. Confiable, respetuosa y empática espera generar espacios de reflexión que lleven a niños y adolescentes a desarrollar habilidades pare enfrentar el mundo en el que viven y transformarlo. El cuento es para ella una herramienta para lograrlo.

Elena Laguarda Ruiz comunicóloga de origen, por la UIA, desde la carrera mostró su interés por trabajar con poblaciones vulnerables. Fue directora fundadora de la Manta de México A.C., organización en la lucha contra el Sida, que cooperaba con el esfuerzo internacional de frenar la pandemia.

Como educadora sexual y educadora sexual infantil se ha dedicado a trabajar con niños y adolescentes y crear materiales educativos y narrativos con la finalidad de hacer de este país uno más justo, libre de violencia y respetuoso de la diversidad.

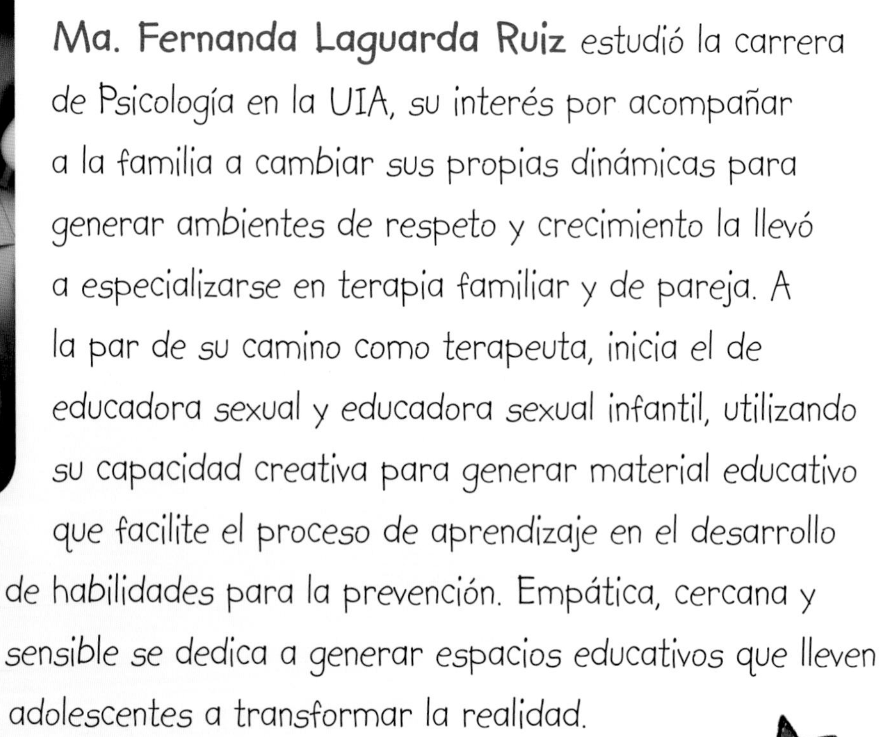

Ma. Fernanda Laguarda Ruiz estudió la carrera de Psicología en la UIA, su interés por acompañar a la familia a cambiar sus propias dinámicas para generar ambientes de respeto y crecimiento la llevó a especializarse en terapia familiar y de pareja. A la par de su camino como terapeuta, inicia el de educadora sexual y educadora sexual infantil, utilizando su capacidad creativa para generar material educativo que facilite el proceso de aprendizaje en el desarrollo de habilidades para la prevención. Empática, cercana y sensible se dedica a generar espacios educativos que lleven a niños y adolescentes a transformar la realidad.

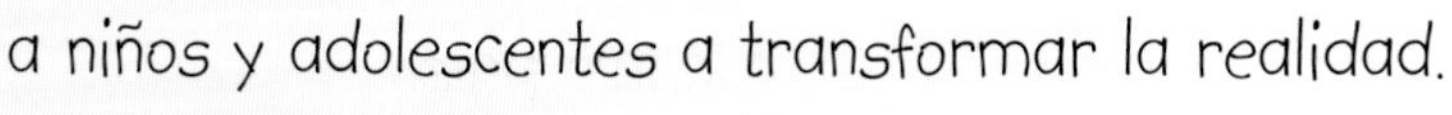

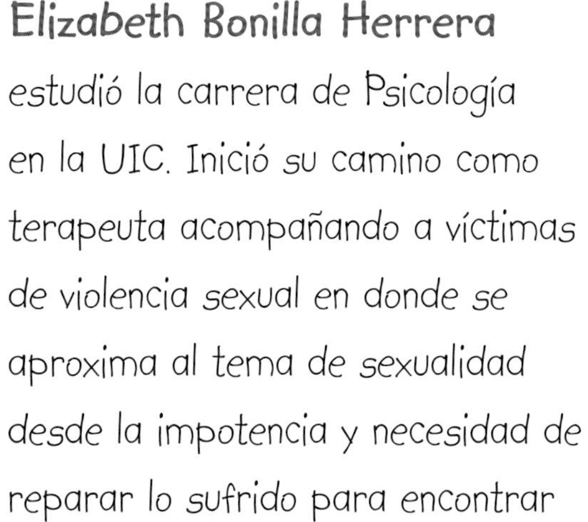

Elizabeth Bonilla Herrera

estudió la carrera de Psicología en la UIC. Inició su camino como terapeuta acompañando a víctimas de violencia sexual en donde se aproxima al tema de sexualidad desde la impotencia y necesidad de reparar lo sufrido para encontrar nuevos sentidos en la vida. Se prepara como educadora sexual para crear procesos educativos que generen visiones sanas, programas que prevengan el dolor y la incertidumbre, que sabe, existen en muchos niños en nuestro país.

asesoría educativa y prevención, sa de cv

Asesoría educativa y prevención, asociación que dedica su esfuerzo al trabajo en sexualidad con niños, adolescentes y adultos. Ha implementado su programa en diversas instituciones educativas reconocidas a nivel nacional. Su misión es crear espacios educativos para que las personas construyan pensamientos, conductas, actitudes y habilidades que les permitan tener una sexualidad plena y saludable. También se ha interesado en la investigación de diversos temas y el diseño y creación de material educativo así como de cuentos que permitan al niño aproximarse a distintas realidades.

www.sexualidadati.com / ayudati@hotmail.com